JN117609

句集

陶冶

木暮陶句郎

朔出版

句集　陶冶　目次

装丁　奥村靫正／ＴＳＴＪ

句集　陶冶

Ⅰ　窯はじめ

十八句

あらたまの年の陶土を積み上ぐる
陶房のわが座あたため去年今年

十指湯に浸して轆轤はじめかな

窯はじめ夢二の森の片隅に

火は神に賜りしもの窯始

貫乳の調べの軽し窯の春

初刷を溢るる花鳥諷詠詩

初句会選句急がせゐる幹事

記念日に目立たぬ印初暦

一筋の道の淑気を踏みゆける

唇の動けば歌留多飛んでをり

初東風や音を一つにしたる森

湯の町の石段転げくる手鞠

百年の上がり框にある淑気

指先も笑ひさうなる福笑

ぬけがらや獅子舞通り抜けし路地

松過の老舗旅館の賑はひに

なまはげの筋金入りの訛かな

II

春愁の罅

七十四句

轆轤場の朝の薄氷指で割る
轆轤挽く春の指先踊らせて

下萌えて道鮮明に現はるる

人だけにある幸不幸草萌ゆる

サーファーの落つ早春の波頭

陶工の指紋薄れて寒明くる

ペルシャより来て江ノ島の恋猫に

寒明の水を満たして信濃川

薄氷ふめば遠くの水動く

宿坊の暗き奥行き冴返る

冴返る窓なき出羽の杜氏部屋

よく喋る人につかまりたる余寒

甲板に太平洋の春時雨

下船待つ鉄のぶつかり合ふ余寒

雪解風防風林を渡りゆく

午祭児の影法師狐めく

眩しさは常念岳の雪解風

仏の座あれば必ず犬ふぐり

犬ふぐり広げ太陽君臨す

早春のタイブレークを繰り返す

かたかごや脇往還を守る旧家

また同じ指さされてゐる余寒

白梅に白梅透けてをりにけり

恋猫の抜けゆく上野御徒町

椿咲く深紅の闇を吐きながら
強東風にひとりとりとりのこされてをり

はだれ野にはじまる深き轍かな

馬の子の脚三角に立つ構へ

裏路地の此処も東京沈丁花

山荘の夜明けの音の春暖炉

野遊の心を風が押し返す

卒業すポニーテールを高く結ひ

卒業の起立に軋むパイプ椅子

卒業すギターの弦の切れしまま

江ノ島の売子めきたる望潮

鎌倉の春夜沈めてロン・サカパ

靴跡の上に靴跡春の土

啓蟄や人はざぶざぶ湯に浸かる

轆轤挽く指の撓りや利休の忌

逢ひにゆく夜の春田を横切つて

春愁の罇を持ちたる壺砕く

窯小屋を遠巻きにして囀れる

春昼の窯場掃きゐる女弟子

春風や発光体となる少女

宇宙地球草原そしてクローバー

涅槃図の巻き残したる象の足

月光の虜となりて蝌蚪の紐

花人の濁流となる上野かな

夜桜に我につのりて雨の糸

人は酒桜は雨に酔ひて醒む

朧夜を灯す携帯電話かな

夜桜の隙間の空が落ちてくる

夕空の余白花筏の余白
美しき嘘の溶け込む花の酒

プードルの背に落花の二三片

幹にある風の文様橅芽吹く

蒼空にまだ負けてゐる花の山

アルプスの影絵を遠く花月夜

人生の今を浮かべて花の酒
居酒屋の二階艶めくさくらの夜

鐘おぼろ心に過去の吹き溜まる

犀川の流れに捨てし花疲

血の色の根もて淡墨桜かな

人形を丘に寝かせて野に遊ぶ

春昼や即身仏の口の闇

濠底に花の大空ありにけり

たましひもしだれて風の桜かな

蝌蚪の紐沈む命の重さもて

ビルの角大きく避けて巣立鳥

永遠の地球信じて磯遊

太陽を友と思ひて磯遊

風吹けば空の錆びゆく竹の秋

黄砂降る廃墟のごとき大都会

春愁の少し尾を引く目許かな

Ⅲ 薫風

一〇二句

草木染工房の香に夏立ちぬ

水音が芯を貫く初夏の闇

美しき薬味に埋もれ初鰹
夏めきてみんな言ひたい放題に

橅新樹立ちはだかりて別れ道

湿原を囲む新樹として萌ゆる

娘の嘘にマーガレットの欠けてをり

祭髪結ひて吊目となりにけり

川風に人にほつれて祭髪

若葉雨上がる東京タワーより

地下鉄の車窓に直す祭髪

青溶かす空青砕く初夏の海

老犬は眠り卯の花腐しかな

皮脱ぎて極彩色の竹となる

窯詰めを待つ大皿へ竹落葉

ががんぼの銀の脚もつ月夜かな

梅雨兆す骨董商の客射る眼

薫風の触れ合ふやうに出逢ひけり

蛍火の丸く広がり丸く消え

子鴉を守る威嚇の急降下

夏燕雨意の翼をきりかへす

紙破く音にはじまる青嵐

負馬の蹄に芝の絡みつく

落雷に続くサイレンありにけり

夏帽子くしやくしやにして人探す

雨音を苔に沈めて寺涼し

梅雨の森深ければ径細ければ

黴の香の陶土火の香の登り窯

釣堀に時間を捨ててをりにけり

釣堀の顔馴染みなる向う岸

釣堀の浮子に夕日の集まりぬ

五月雨に円周率の水面かな

部屋の灯のみな飴色に梅雨深し

水の闇集めて沈む梅雨鯰

屑籠のあふれやすくて梅雨深し

窯火燃ゆ汗の一粒一粒に

素通りの長岡京や五月雨るる

板さんの高下駄の音夏夕べ

寺町にタクシー拾ふ夏衣

寛次郎庄司を偲ぶ椅子涼し

十薬の疎水になだれ咲きて京

あかがねとなりし太陽夕凪げる

指涼し良寛の書をなぞりつつ

著莪の雨秘湯の宿は渓の底

筒鳥やブナ平への道標

白夜抜け来し戦闘機格納す

七変化けふは地球の色たたへ

親燕またまつしぐら繰り返し

ランナーの吸ひ込まれゆく五月闇

青芝を噛んでラジコンカー走る

窯焚を終へし火の香の髪洗ふ

夏の灯のグラスの縁を滑り落つ

夜のプール星を沈めてをりにけり

フェリーゆく海月次々裏返し

わが航も飛魚も隠岐目指すかな

隠岐の夜の淋し侘びしと青葉木菟

甲板の風夏服を吹き抜ける
オリーブの花咲く島へ着岸す

木洩れ日を持ち上げてゐる噴井かな

航跡の太く涼しく島巡り

段ボール怪獣になる夏休

土合駅より始まつてゐる登山

ゴンドラの窓に夏霧雫かな

ふと耳がつめたくなつてゐる泉

雪渓を突き抜けてゐる草の色

登山靴運動靴を見くだせる

はんざきの手足涼しく動きけり

はんざきに夜明けの水の重さかな

灯涼し夜は鏡となりて窓

木洩れ日と同じ色して滝落ちる

滝音に声断片となり届く

川風に透けゆく越後上布かな

洗ひ髪香らせて肩揉みくれし
夏帯の座れば酔うたふりをして

山法師湖畔の道の行き止まる

虹立ちてより沈黙の街となる

風の鬣緑蔭を吹き抜ける

ナイターの席探す間のホームラン

まだ透ける心は持たず青葡萄

青葡萄日射しは音を立てて降る

歪みゆく日傘の影や神楽坂

風鈴に風が砕けてをりにけり

夕菅もをんなの髪も濡れてをり

酒瓶の口みな小さし夜の秋

夕菅の星の記憶を消す朝日

夕菅の黄を太陽の黄が薄め

三瓶野の色に染まりてサングラス

三瓶けふ風の花合歓日和かな

ダンサーでありし昔や夜の秋

正の字に客を数へて鮎を焼く

若者はすすきの経由夜の秋

夏草を食むジャージーもアンガスも

雲の峰一誌持つのは力尽

青田波越の平らを直走る

荒南風や漁船揚げある野積浜

白南風に海の碧さの加はりぬ

レーダーの魚影涼しき操舵室

太陽にくちづけをして泳ぎだす

一湾を埋め尽くしたる砂日傘

夏帯の芯に熱気のこもりたる

外れざる指輪の熱やソーダ水

月輪も君も曖昧明易し

Ⅳ　霧去来

七十五句

湖底まで色の届きて揚花火

榛名湖をめちゃくちゃにして花火の夜

七夕の風のやうなるをんな文字

新盆やみんな明るく振る舞へる

流灯の湖に刺さつてゐるひかり
踊り唄ときには胡弓より高く

しづしづと終戦の日の茶室かな

夕空の次々落ちて下り簗

潮傷みしたる日の丸秋の航

キャンドルに横浜の夜の減りて秋

遠花火昔地球も火でありし

文月の雨降る四条河原町

かもめ来よ秋の翼を翻し

金銀の露と朝日と木道と

濡れてゐる青空濡れてゐる花野

夢二忌へ風を繫いでゆく花野

悔い多き男と女夢二の忌

新涼の雨音を聞く夢二の忌

粗塩と酒と女将と衣被
秋蝶の少し紫こぼしゆく

霧走る夢二の森を濡らしつつ

湖を見にゆく新涼の一忌日

新涼の湖に主峰の影正す

路地ごとに別の秋風ある伊香保

源泉の音なく溢れ秋澄めり

雨音も吾も花野に沈みけり

秋の蝶雨の鎖に囚はるる

夢二絵の翳りを胸に貰ふ秋

秋の蝶風の欠片と戯るる

秋風や次々開く野の扉

ばつた跳ぶ草の雫を毀しつつ

歳月も花野の色に加はりぬ

カルデラの光陰みせて大花野

花野忌の榛名嶺として欹てる

待宵の影滑らせてゆく湯町

街灯り滲み雨月でありにけり

野分中ひたすら走る獣かな

野分過ぐ野の彩りを組み替へて

亜米利加の二百二十日の星条旗

露の世の露のグラスの紹興酒

生臭き雨を呼びたる曼珠沙華

穴惑仏足石に添ひゆける

近づいてくる秋冷のハイヒール

夜長てふ奈落に酒を注ぎ足せる

木洩れ日に色鳥いろをあたらしく

カクテルの海にレモンの月添へて

方丈へ苔の磴踏む月夜かな

果樹園の中のアトリエ小鳥来る

蜻蛉来る朝日に羽根を洗ひつつ

沈黙にジャズ滑り込む秋の宵

霧去来山にも人の心にも

轆轤場に灯火親しくひとりかな

火の国の大地と思ふ草紅葉

初猟の銃に崩るる空模様

ばつた跳びゆく草の海風の海

木々すべて叫びの形紅葉谷

案山子立つ明日を信じてゐる如く

迸る水に沿ひつつ草紅葉

露の世を灯してバースデーケーキ

上州も奥の奥なる柿の秋

そぞろ寒組んで尖れる膝頭

色鳥も色なき鳥も朝日受け

新蕎麦を啜りて雨の軽井沢

星屑の夜の片隅の温め酒

注ぎ足せば少し凹みて濁酒

日展の入選知らせ小鳥来る

湯街の灯潤ませ雨の十三夜

海猫の刹那の声に深む秋

此処よりは鳩待峠紅葉雨

高原の風の尾摑む草紅葉

啄木鳥の使ひ果たせる森の音
みづいろの風漉き込みて秋の山

渓紅葉絞りて水の直走る

忘れ物めく色鳥の居てパティオ

悔いといふ夜寒の膝を抱いてをり

V

梢火燃ゆ

六十二句

冬立ちて雲は名前を失へる

恋がまた恋を毀して黄落期

土の色動きて亥の子二三頭

乗せられるだけの彩乗せ柿落葉

主なき哲学堂の炉を開く

目張する株価大暴落の夜

切干を広げ熊野に棲み古りぬ

もう踏まれ馴れたる落葉道の音

プラチナの蠅の止まりぬ花八ツ手

小六月詩集の余白眩しめり

枯芝の枯れ尽くしたる明るさに

立てば足座れば背骨寒かりし

朴落葉山雨受け止めゐるばかり

ひろそ火の種火めきたる冬紅葉

時雨忌や五日目となる無精髭

水鳥の種子のやうなる眼かな

木にすべて天辺ありて空つ風

渓音に寒さ残して深山晴

帰り花豊かに地球病んでをり

大綿の天地ひつくり返る風

冬空へ投げて光となりし枝

なにもかも手放してゐる大枯木

太陽系第三惑星花八ツ手

榾火燃ゆオンザロックの氷にも

冬の夜へこのまま落ちてゆきさうな
浮寝鳥青き地球の夢を見て

鳶の弧と鷹の直線すれ違ふ

露天湯の岩に当たりて消ゆる雪

冬の夜の華やぎといふ偽りに

冬帝の振り上げてゐる月の斧

原色の夜や師走の高円寺

寒禽をまた蒼空が跳ね返す

東京の寒夜沈めてゐるボトル

冬の雲幾つ滑らせ暮るるビル

句座一つすつぽかしたる師走かな

冬晴に溶けゆく悔いも雑踏も

天辺の聖樹の星になりし君

夢を置く聖樹の星の高さにも

耳許のダイヤモンドにある寒さ
極月の手をポケットに突っ込める

巴里の灯のポインセチアに降りそそぐ

都合良き事ばかり書き日記果つ

小説になるかもしれぬ古日記

年忘笑ひ上戸を見て笑ひ

数へ日や艶を増したる蹴りろくろ

寒月をかすめてゆける戦闘機

ファックスに無数の星や雪の夜

凍土の般若めきたるひとところ

嘴に午後の殺気や寒鴉

小流れの森を抜けたる四温かな

日本海吹雪く怒濤をなぎ倒し

海吹雪く鷗百羽を浜に置き

冬鷗飛べば紙切れ時化の海

幻のシテ立つ岬冬怒濤

シェフがまたつつきて暖炉燃え立たす

ペンションのオーナーにして雪女郎

太陽にエッジぶつけてスキーヤー

スノーボーダー堕天使めきてジャンプ

眉少し考へてゐる雪だるま

雪だるま仲間はづれの如く居る

柴犬の上目遣ひに春を待つ

乾杯の音はラの音春隣

句集　陶冶　畢

あとがき

『陶冶』は私の第二句集である。令和へと元号が替わったのを機になんとか過去の俳句をまとめたいと思い立ち、古い句帳を読み返した。第一句集『陶然』の出版から十六年五ヶ月の時が流れているので、『陶然』以降の句帳が約五十冊。それを一冊の句集にするという考えもあったが、自分の俳人としての歩みをもう少し丁寧に残したいという気持ちがあり、まずは、平成十五年から二十三年の月刊俳誌「ひろそ火」創刊までの約八年間の俳句から、三三一句を本句集に収録した。

第一句集を出したのち、群馬県内の数箇所で指導句会が立ち上がり、俳句を教えることの楽しさと難しさの両面を味わった。その中で俳句を通して多くの人たちと関わり、そしていくつかの別れも体験したのである。特に私の句会の中核を成していったのは、高崎市内で平成十五年の秋にはじまった「ひろそ火俳句会」だった。その名前は「哲学」を意味する英語 philosophy に由来する。JR高崎駅西口から程近い旧井上房一郎邸は「高崎哲学堂」という名で当時一般に公開されていた。房一郎は絵画や音楽、文学に造詣が深く、生前から自宅を開放し、現代の寺子屋として文化活動を奨励していた。房一郎亡き後も、彼の遺志を継いだ市民団体によって支えられていた高崎哲学堂で、私に句会を開催してほしいという要望があった。それに応じるかたちで、「ひろそ火俳句会」が発足したのである。

広い前庭の竹林のなかに佇む茶室。和洋折衷のお洒落な母屋には暖炉があった。それらを自由に使っていいという。第一回の句会参加者は九名。その時、哲学堂の庭にたわわに実っていた柿の木の明るさが、今でも印象深く心に残っている。毎月の句会の後は必ず近くの居酒屋で一杯、俳句談義に花を咲かせ、そのうち席題の短冊が配られる。そんな仲間が仲間を呼び、他の指導句会とも合流し、吟行旅行などを盛んに行うなかで、結社立ち上げの機運が高まっていったのだ。

遠縁にあたる「ホトトギス」同人の木暮つとむ氏の支援もあって、平成二十三年の一月十一日、高崎市のホテルメトロポリタンにおいて月刊俳誌「ひろそ火」の創刊祝賀会を開催するに至った。師である「ホトトギス」名誉主宰の稲畑汀子先生に題字を頂き、会員と賛助会員合わせて一〇〇名での船出となったのである。

そのように大きな変化のあった八年間。それは私にとって「陶冶」の時代でもあった。仲間と共に見つめた四季の移ろい。本当に密度の濃い時間のなかで詠み続けてきた俳句を、このようにまとめることが出来たのは望外の喜びである。もちろん、題材としてはライフワークの陶芸や実行委員長を務める夢二忌俳句大会のことなども多く反映されている。

都心に近く、それでいて自然豊かな上州にあって俳句を広める一助を担えるということはこの上なき幸せ。昨年、「ひろそ火」の東京支部、今年は埼玉支部が立ち上がった。今後も俳句作家として、結社主宰として自覚を持ち、一歩一歩と着実に前に進んでゆく所存である。俳句を愛し、自然を愛し、人を愛する。そこにこそ花鳥諷詠詩としての俳句の神髄があるように感じている。

終わりに、師である稲畑汀子先生、廣太郎先生、朔出版の鈴木忍さん、そして、私の大好きな「ひろそ火」の仲間たちに感謝の意を表したいと思います。俳句があるから人生がほんとうに楽しい。現在五十八歳。第三句集も還暦前には上木の予定です。どうぞご期待ください。

令和元年　極月

Art Gallery Toukuro にて　　木暮陶句郎

著者略歴

木暮陶句郎（こぐれ　とうくろう）　本名　宏明

昭和36年10月21日　群馬県渋川市伊香保町生まれ
平成6年　「ホトトギス」投句　野分会入会　稲畑汀子に師事
平成10年　第9回日本伝統俳句協会賞　第10回花鳥諷詠賞
平成12年　「ホトトギス」同人
平成15年　第一句集『陶然』（朝日新聞社）
平成21年　第22回村上鬼城賞正賞
平成23年　月刊俳誌「ひろそ火」創刊主宰
平成31年　NHK全国俳句大会ジュニアの部選者

現在　「ひろそ火」主宰
群馬県俳句作家協会副会長
NHK学園俳句講座講師
「上毛俳壇」選者
毎日新聞群馬版「文園俳句」選者
群馬県文学賞俳句部門選考委員
尾瀬文学賞俳句大会選者
公益財団法人虚子記念文学館理事
藤岡市「桜山俳句大会」選者
渋川市「彌酔の句会」選者
NHK学園伊香保俳句大会選者
夢二忌俳句大会実行委員長
日本伝統俳句協会会員
伊香保焼主宰の陶芸家
Art Gallery Toukuro オーナー

現住所　〒377-0102　群馬県渋川市伊香保町伊香保397-1

句集　陶冶　とうや

2020年2月4日　初版発行

著　者　　木暮陶句郎

発行者　　鈴木　忍

発行所　　株式会社 朔(さく)出版
郵便番号173-0021
東京都板橋区弥生町49-12-501
電話　03-5926-4386
振替　00140-0-673315
https://www.saku-shuppan.com/
E-mail　info@saku-pub.com

印刷製本　中央精版印刷株式会社

ISBN978-4-908978-38-8　C0092